KB070664

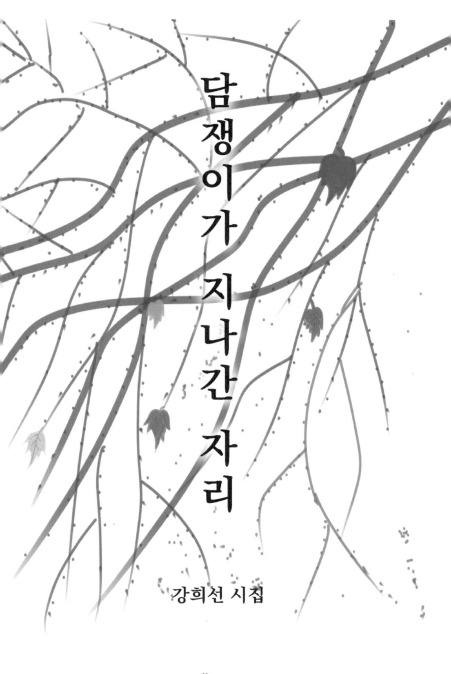

담쟁이가 지나간 자리

강희선 시집

쓰인

시인의 말

사랑을 만나 그리움에 눈을 뜬 꽃이 상사꽃으로 피었습니다.

누군가 그리울 때 별을 찾아 꽃을 찾아 바람과 함께 또 하나의 세상을 만들어 마음속의 말들을 건네봅니다.

그 날의 낱말들이 시어가 되어 가슴속에서 숨을 고르고 햇빛을 그리워하다

사랑과 그리움으로 긴 시간 외로움으로 떨고 있는 그대의 가슴에 다가가는 한 줄기 빛이고 싶어

그대의 가장 시린 구석에 스며들어 따뜻함을 부여하는 볕이고 싶어 이렇게 빛을 발합니다.

예까지 오는 동안 넘치는 사랑과 응원으로 흔들리며 걸어온 나날들을 지켜주시고 이끌어 주신 분들께 감사의 인사를 드립니다.

23년 6월 20일

강희선

차례

1부

2부

3부

4부

1 부

길

샛길을 빠지려다
갈림길에서 머뭇거리는
흔들리는 사슴의
눈빛을 보았습니다

꽂혀오는 독수리의 부리를 용케도 피해
숨어든 얕은 길목
숨을 죽이고 있는 숲 속으로
바람이 흐느끼듯 지나가고
미물들이 지나간 자리마다
쓰러진 풀꽃들이
다시 일어나
길을 지우고 있습니다

서툰 눈으로 불 수 없는
마음의 길로
따뜻한 햇살을 들이려
동녘하늘은 빨갛게 앓고 있습니다.

나무의 꿈

살얼음 딛고 건너온 계절
바람막이로 뒤집어 썼던
넝마 같은 겨울 옷은
어젯 날 허울 벗듯 밀어버리고
바람이 스쳐간 옹이마다에
파아란 새떼 몰고 오리라

뿌리끝에 잔물결 일렁이는 소리
술렁이며 수근들이 일어서는 저 소리에
감출 수 없는 기쁨을
파랗게 펼쳐 들고
떠나갔던 계절만큼
자라난 그리움을 풀어
가지마다에
즐거운 환희를 걸어놓으리라

여울치는 푸른 기운
한가슴 가득 담고
파아란 새싹들이
아기 손을 펼쳐

잠자는 세상을 깨울 때
하늘을 향해
신록의 웃음을 터치리라

굴러가는 태양의 갈기를 잡아
온몸에 갈무리해 둔
옥빛 정기 뿜으며
숲을 이루고
숲은 일제히
하늘을 향해 일어서리라

별 빛

까아만 밤 하늘에
잠 못드는 마음 하나로
재일 수 없는 그리움이
밑 없는 밤장막에 심어졌다

바람에 흔들리는
무지개 빛 황홀한 꿈을
칠흑 밤 벼랑에
아스라이 걸어 놓고

새벽 찬바람에도
시린 눈 감지 못한 채
기다림에 지친 외로움이
잔잔히 부서진다
영원한 그리움으로

기억의 상자

마음속 상자에 너를 넣었다
바람이 들세라 볕이 들세라
밀폐시킨 공간 속에 너를 가두고
긴 세월을 잊은 듯 버려두었지
나른한 해후의 창가에 비낀
지친 듯 졸고 있는
여인을 흔들어 깨우는
가을잎새 몇잎이 무릎 위에 떨어져
기억의 상자를 열고 있다

조심스럽게 성스럽게 열리는 문틈으로
달콤한 향기로 빚어진 숙성된 추억들이
핏빛 포도주로 흐르고 있지 않는가
그 향기에 취한 듯 홀린 듯
이끌려간 그 곳에
너와 나의 사랑과 우정이
햇볕아래 맨드라미처럼
곱다란히 웃고 있네

달빛

밤하늘에 떠오른
둥실한 마음을
수많은 밤 가슴속에
오리오리 사려두고
키워온 소망의 꽃

밤마다 꿈길 따라
찬 이슬 이고 온 그 마음에
서리고 엉킨 하얀 그리움은
낯선 타향에
바람 되어 흩날리는가

이 밤도 소리 없이 밀려오는
그리움의 줄기
한 올 한 올 풀어 비단을 짠다
그대 오실 그 꿈길에
펴드릴 하얀 비단필

잡초

살얼음 위로 시간이 흐른다
웃음소리가 시간에 깔려
소름 돋는 반주를 하고
시끄러운 소음은 현기증을 불러온다
이름 모를 울렁거림에
속은 뒤집힐 듯 한데
누군가 짓밟고 간 자리엔
찬바람에 부딪쳐 생긴 파란 멍이
시린 창가에 하얀 성에꽃으로 피어
집안은 그래도 훈훈하다고,
어디서 본 것 같은
설익은 얼굴들에 무표정한 모습들
창백한 심장은
구석에 처박혀 구겨진 양푼처럼
오그라들어 아픈데
아무 일도 없었다는 듯
흘러가는 지겨운 나날들이
지쳐 쓰러질 듯
다시 일어난다

외로운 새

밤이면
새로 돼야 했습니다
외로움의 응어리를 한 가슴 부여안은 채
밤장막에 드리운 고독을 가르며
그리움을 쪼아먹는
외로운 새로 돼야 했습니다

밤이면
새로 돼야 했습니다
멍이 든 아픔이 피가 돋을 때까지
줄어들 줄 모르는 그리움을
피나도록 쪼아먹는
슬픈 새로 돼야 했습니다

아름다운 섬

하루 종일 지친 육신
소주에 담그고 눈 감으면
지친 나그네 꿈길에
떠오르는 섬

눈물 나도록 그리운 님의 모습은
섬 위에 한 떨기 무궁화로 피어나고
나는 한 마리 새가 되어
섬을 날아 갈제

날아도 날아도
끝없는 바닷길
타향의 슬픈 꿈은
천 길 나락에 떨어져 조각 난다

이 밤 어두운 이 마음에
등대 밝혀주는
아름다운 섬
그 섬에 가고 싶다

딸기

익고 싶었어요
지나간 자리마다에
빨간 물을 들이며
그렇게 영글다 터져버린 사랑처럼
기뻐서 터진 울음처럼

당신을 잉태한 가슴엔
달콤함으로 풍성했고
자지러지게 설친 날들로
상기된 수줍음이 핀 얼굴엔
지칠 것 같지 않던 시간이
검은 기미처럼 돋기 시작했어요

과육만 따먹고 버려진
파란 별들이 여기저기
꼭지 떨어진 향기를 안은 채
널부러져 있고
여름은 줄기 따라
누렇게 시들어가네요

갇힌 언어

말할 수 없는 공간에 갇혔다
들어줄 귀는 다 잘려서
마음에 고여 시가 되고
나는 시를 쓴다

너는 하고 싶은 말을
가슴에 차곡차곡 쌓아서
술로 빚어놓는다지

술로 말하는 너는
오늘도 잔을 비우고
나는 시를 쓴다

상사 꽃

언제부턴가 키워왔던
상봉의 꿈
기다렸던 만남 앞에서
숨길 곳 없어 비쳤던 그리움은
속눈썹 속에서 서성거릴 뿐
좀처럼 다가서질 못하고
순간의 황혼처럼 예쁘게 피었다
맑은 종지부로 굳어져 버린다

파랑새

찾으셨나요
그대 찾아다니던
부리 고운 파랑새
부치지 못한 사연
고이 접으니
새가 되어 날아가고
바람에 흔들리던 나뭇잎만
그대 어깨 위에 날아 내리네요

전한 소식은
구름 넘어 검게 번지며
비를 몰아오고
보고 싶어 심은 슬픈 시간
흐르는 빗물에 맡긴 채
한 밤을 지새우고 나니
꽃으로 피었네요

그 길 위에 다시

푸르른 하늘 한점 고이 뜯어
이 가슴에 희망처럼 안겨 주신 이

그 빛 따라 갔던 길
산 하나 넘었다고
강 하나 건넜다고
그만 놓아 버린 연

숲의 그림자에 엉켜
가려진 길 헤치고 가던 걸음 따라
설렘 가득 안고 갔던 시간
갓길에 피어난 꽃구경에
낙오자가 된 애송이들에게
손 내밀어 주던 이

그냥 물린 말 목에 걸려
뒤돌아 본 곳
그대 떠나 그 자리
청태가 끼어 시리네요

멀어져 아득한 거리
남기고 간 발자취엔
돋아난 어린 싹들
제법 커서 날이 서 아픈 곳

늦은 귀가 길 마른 숲처럼
사각거리는 걸음으로 찾아온 이 자리
그 발자국에 남은 작은 고요에도
꽃은 지고 열매가 맺히고 있네요

잠깐 눈 감고 있는 동안
바람처럼 스쳐
기억의 언저리에
찾아온 저녁 빛이
황홀하게 물든 그곳

이제 다시 가보려고요
아득히 멀어진 길 따라
속삭이고 있는
그 목소리가 머물러

메아리가 된 곳
그 길 위에
다시 섰습니다

벚꽃터널

개나리 등 밝히는 골목길을 지나
찾아간 벚꽃 흩날리는 그 골목
그 날 그 곳, 심어놓은 사랑
화사하게 온 몸 펼치고
봄꽃 축제 불꽃으로 비상한다

별처럼 꽃처럼 흩어진 너와 나의 이름
그 이름에 새겨진 이야기들이
봄나무 가지마다
하얀 꽃나비가 되어
새봄을 즐기고

거리마다 누비고 있는 청춘들
꿈꾸던 미래가
지루한 해후의 졸음 끝에
하품처럼 끝나 갈 무렵
머릿속을 거니는 추억을 따라
너와 나의 추억의 간이역 벚꽃터널에
행복은 나비처럼

마구 흩날려 흩어져가다
또 다시 엉켜서 뒹구는

꽃잎 속에서 사라져가도
그 속에 네가 있고
또 내가 있으니
이렇게 벚꽃 날리는 날이면
다시 찾아와
벚꽃이 무너지는 꽃 길에
꽃나무가 되어 서 있네

목련연정

옥빛 고요에 몸 담그고
떨리는 그대의 목소리에
귀를 열어놓았어요

달빛을 타고 오신다던
꿈속의 속삭임을
온 몸으로 깨워놓고
달맞이 꽃으로 소생하는 시간
스쳐가는 거리마다
초불을 켜놓고 기다려요

곧 열릴 축제의 불꽃놀이
서툰 숨결에도
서서히 타오르며
흔들리는 꽃망울

마디마디 토해내는 고백에
참을 수 없는 기쁨으로
터뜨린 하얀 웃음 한마당

그대의 가슴 벼랑에 부딪혀
혼절하는 낙화의 입맞춤은
지친 들녘 잠재우고
푸른 잎 무성하게 오는 소리에
서둘러 떠나는 님의 발자국 따라
이 봄날도 홀연히 저물어 가네요

깃을 다듬는 너

언제부터인가 너는 준비하고 있었지
바람의 방향에 귀를 열어놓고
몸만 남아서 빈둥거리는 이곳
네 마음은 저 멀리 거리를 주름잡고

떨어져 있는 몸
열사병으로 앓는 지금
날아 갈 깃을 다듬고 있는 걸 눈치 챈
주위 사람들까지 괜히
들떠 있는 바람의 알갱이처럼 술렁이니

네가 앉았던 자리
떠난 허망함마저 눈부시게
뒤돌아볼 일 없이
그 속에 도사리고 있는
그 어떤 것도 가슴에
그늘지게 하지 말고

털고 일어서라
다듬어져 정갈해진 날개

믿고 싶은 빛을 따라
훨훨 펼치거라

아픔의 계절

뜨거웠던 열풍은
저--머얼리 사라지고
꿈 많던 잎새들도
지쳐 하나 둘 깨어진다
조각난 아픔들이 낙엽 되어
지친 생각 위에 떨어질 때
난,
황야처럼 텅- 빈 가슴에
푸른 하늘을
그리움처럼 잎잎이 따서
여윈 마음 채워본다

이별

봄볕이 한창인 것 같았는데
벌써
꽃 지는 가을이 되나봅니다

꽃을 피우려고
앓았던 그 계절
긴--아픔이 토해낼 수 있는
여름은 너무 짧았습니다

이 가을을
태우는 저 단풍잎은
이 마음이 토해낸
핏빛 사랑임을
그이는 알 수 있을까요

가는 철새에게
슬픈 사랑을
물려주어야 하겠습니다

라일락

오월의 밤마다
등불을 밝히고 지켜 섰던
정자의 정수리

날은 어두워 더 밝은 등불
심장처럼 가슴에 달고
보이지 않는 앞을 응시하며
바람의 한숨에 사그라진 시간

오월이면 다시 올 것 같은
그 때 그 청아했던 웃음소리
길을 밝히며 굴러오니

길게 늘어진 먼길을 비추며
흩어지던 보랏빛 향기
나비떼 손을 잡고 날아오른다

새벽빛

새벽빛은
희고 찬 새벽빛은 흰 비수였다

꿈으로 아롱진 밤의 세계를
예리한 찬 빛으로
찢어버리는 흰 비수

시리고 찬 그 빛에
쓰러진 간밤의 꿈은
방구석에 안쓰럽게 처박히고

찢어진 가슴의 공허를 밟고 선
새벽빛은
오늘도 찬연한 모습이다

불면

밤이 시커먼 입을 한껏 벌리고
고요함을 토해내고 있다

닿을 것 같지 않은 동굴에서
불쑥불쑥 튀어나오는 도깨비들
굶주린 배 움켜쥐고
뇌를 핥고 지나간다

나이프와 포크로
스테이크를 자르는 하얀 손
핏빛 와인의 출렁거림으로
흐릿하던 날들은
한 폭의 그림으로
저 하얀 벽에 붙어있고

별들의 설익은
어젯날의 이야기를
도란도란 속삭이는 동안
날은 하얗게 밝아온다

빛의 애환

어디를 가도 음영처럼
따라다닌다

밝은 햇빛 아래서
더 또렷한 그림자로
속까지 투명할 수는 없을까

그 어떤 빛 앞에서도
통과할 수 있는 맑은 바람처럼
사랑이란 말 앞에서
초라해지는 모습을 지우고

죄어오는 목줄을 풀어버리고
다리를 좀 뻗고
잠이나 청해보았으면

뱉어버리고 지키지 못한 약속들이
설익은 쌀알처럼
내장을 쓰리게 훑는다

복수초

잘랑거리는 겨울 눈섞임 물소리에
청각을 곤두세운 뿌리는
잔털까지 뻗어 생명수 끌어올리려
겨우내 덮인 각질 한 겹씩 벗어 던지고
볕을 닮은 등빛으로 눈길 밝히네

길동무 없이 쓸쓸히
축축한 우듬지 추위를 밀어내고
푸른 계절 건져 올리려
수많은 아픔과 시린 시간을 건너
이렇게 세상 천지간에
사랑으로 다가와
백설을 딛고 선 복수초야

꽃을 피우려고
자박자박 건너온 그 시간
꽁꽁 언 가슴 시린 눈길에
등불 하나 피워 올리니
길섶이 환해지는 구나

비상의 무게

바람 부는 허공에서
새는 날갯짓을 멈출 수 없다

그 작은 몸이
처지는 날개를 쉼 없이 퍼덕이며
스스로의 무게를 감당하려는 것은
더 높이 날아오르려는 비상이 아니라
쉴 곳을 찾아 헤매는 방황이다

바람 위에 깃털처럼 가볍게
날고 날아
나무를 찾아 숲으로 날아드는
새의 날갯짓은
자유를 뒤로한 쉼을 찾는 퍼덕임이다

가는 길이 멀어 쉼터가 보이지 않을 때
바람 속에서 애끓는 날갯짓에
숲은 구원이고
긴 여정에 지친 새의 쉼터이다

아무 것도 보이지 않고 걸치지 않는 곳은
지친 새에게 자유 아닌
그냥 돌멩이처럼
떨어져 부서질 수 있는
넓어서 아득한 허공일 뿐이요

숲이 보일 때까지
이 한 몸 뉘일 수 있을 때까지
쉼 없이 흔들어야 하는 몸짓의
그 비상의 가볍지 않는 무게

불빛의 유혹

하루 종일 졸고 있던 햇님도
산 너머로 얼굴을 감추고
밤이 블랙 면사포를 쓰고 살포시 내리면
여기저기서 하나 둘씩 기다림이 새어나와
길 가는 행인을 유혹한다

그 아늑한 공간으로 들어갈
틈서리 하나 찾지 못한
홀쭉해진 얼굴은
길가의 가로등처럼 춥고 외로운데
새어나오는 기다림의 유혹에
집을 그리워 하는
그 마음 가시가 되어 심장을 찌른다

가로등 사이로 표류하던 그림자
기억의 한모퉁이에
뿌연 먼지 뒤집어 쓴 채 망각되어가고
오늘도 불빛은 반짝인다
형형색색의 기다림으로

집으로 가는 길

숲으로 가려진 산 그림자
그 가운데로 뚫린 긴 굴속을 지나
보일 듯 말듯한 어둠 속에 갇힌 저 불빛
어둠에 갇혀도 꺼지지 않고 반짝이며
손짓하는 그 불빛을 향해 걸어간다

우리들의 청아한 웃음이 절여지고
기쁨과 행복이 아우러진 그곳으로
매일 달린다
꿈속에서도
휘청이다 가뭇없이 사라질까봐
눈을 비비며 다가간다

이 몸이 어둠에 잠기면
모든 세상이 아득한 어둠에 갇힐까봐
자정이 지나 어둠은 자꾸 시리게 짙어져도
불빛은 추위를 밀어내고
설레는 가슴을 팽창시키며
걸음걸이를 재촉한다

저 어둠에 밝음의 길을 열고
나를 향해 반짝이는 불빛을 따라
작아도 꺼지지 않는 불빛들은
집으로 가는 길마다
등꽃으로 피어난다

촛불

가슴에 심어져 피어오르는 불꽃
흔들려도 꺼지지 않게
곧은 심지의 어깨를 내주어라

그대들 마음에
술렁이며 솟구치는
그 밝음 꺼내

길 밝히는 불빛으로
고요하게 일렁이는
바람의 기운으로
갈기의 방향을 잡고

강풍에 흔들리는
심지를 부추겨
꺼져가는 불씨에
기름을 부어야 할 시간이다

원망

밤이면 밤마다
외로운 어둠 속에
그리움을
오리 오리 찢어서

구중천에 날려 보내면
그것이 차가운 달빛이 되어
가슴을 찌를 때
그대 심장에서
떨어지는 피는
흰색일까 검은색일까

2부

경계를 넘은 봄 그늘 아래

마음이 시샘하는 봄
그 따스한 그늘 아래
그대 언젠가 그 곳에서
기다림을 나른히 걸쳐놓고
길을 잃은 적이 있는가

그대 남겨 놓은 봄볕 자리
꼼지락거리는 따순 손길 따라
그 경계를 넘어 걸어가고픈
유혹에 걸려든 적 있는가

닫힌 마음 빗장을 열어
걸어간다 넘어간다
개나리 노란 그늘이
담벼락을 타고 넘어가듯

가슴벽 노긋노긋
볕으로 뒹굴다
엉켜버린 머리채

이 봄 한 마당 헝클어놓고
경계를 넘어 선 봄 그늘 아래
그대 입김 바람처럼 휘어가네

아름다운 아침

눈떠 그대를 볼 수 있는 아침
앞치마 입고 밥 짓고
된장국에 김치 찌개
서로 마주할 수 있는 아침
밥 먹지 않고 배부른
그런 아침은
얼마나 아름다울까

빛 바랜 사랑

한동안 잊고 있었지
고인 물속의 바닥에 가라 앉은 채

사랑은 그렇게 아래로 향해 가고
세월 속에 묻혀가도록 팽개치고
빈 의자에 앉은 먼지가 햇빛을 받아
아련한 아픔으로 빛날 때

상처마저 환하게 눈에 가시가 들려
꿈길을 헤매던 그 세월을 더듬으며
발을 얻지 못한 마음
그대 지나는 골목길에 꺾어들면
환하게 빛나는
밤으로 걸어들어가리라

마음에 고인 언어

바람을 불러오는 피리소리의 떨림이
투명한 면사포의 물결로 살포시
그대를 감싸듯이

어쩌면
조금은 구슬픈 사연이
예리한 아픔을 감추기엔 벅차
금이 간 심장 그 선 끝에서
뻗어 나오는 선율로 흘러

눈물 없이 우는 새의 부리에서
흘러나오는 비애를
다는 읽지 못해도
작은 새를 따라가는 마음은
아무런 부끄러움 없이

세간에 흘러 다닐 수 있게
퍼져갈 수 있는 파문처럼
그대 가슴에 머물렀으면

기다림

지척인 듯 먼 이 길
언제까지 이렇게
홀로 걸어가야 하는가
문 꼬리 흔드는 바람에
공연히 흔들리는 마음

배나무 위에서 달싹이는
까치의 부름 소리에
달려가다 넘어진 그 자리에
떨어져 조각난 빠알간 심장이
하늘을 향해 누워있고

까치가 물어다 놓은 소식은
배나무가지에서 하얗게 웃고 있다

물로 만나 꽃으로 핀다

내 안에 겨울 내내 피어 있던
백합 한 송이
봄을 만나 반가운 눈물 흘리고
이제 한줄기 강으로
그대 가슴 적신다

사랑으로 방황하던 시절
열병으로 다친 시신경은
시린 동굴을 건너 온 밝은 빛에
그만 눈을 잃어버리고
어둠에 떨어진 슬픈 짐승

씹고 있던 짜디짠 까막눈의 울음은
통곡의 강으로 흘러
그대 드넓은 가슴에
수만 송이 백합으로 피어난다

갈무리

자꾸만 흩어지는 사색을
뒤적뒤적 꺼내서 펼쳐봐도
아무것도 없는데
시린 새벽부터
만지작 만지작
시간은 벌써 황혼으로 향하는데
무엇이 아쉬워서
손이 닳도록
꺼내 보고 다시 넣고를
긴 세월을 하루 같이 하고 있는가

꿈이 잠드는 시간

파아란 하늘가로 흘러가는 몇점의 새
바람처럼 흩어져가다
어디쯤 멈춰 이 곳을 그려볼까
바람은 날개 없이 멀리도 가는데
자란 날개 끝 잘라내고
무게를 부리려 나무에 앉았네

구름에 가려진 하늘에 길이 열리면
뜬 구름 잡으려 뻗힌 손 거두고
헛헛한 바람 따라
끝 간데 없이 사라지려네

길 잃은 마음 가라앉히고
덩그러니 커져버린 세상 속에
꿈 홀로 버려두고 머나먼 길 떠나려네

다시 오지 않아도
아쉬울 것 하나 없을 것 같은
세월 속 침전된 그림자 하얀 그림자

허울 벗은 나방, 꿈을 털어내 듯
살랑살랑 날개를 찰방이며
그곳을 향해
고요히 날개 펼치리

당신이 오는 계절

꽃이 바람을 그리는 계절
기지개 켜는 버들개지 사이사이
아지랑이 꼬물꼬물 피어나면
이마에 닿는 따뜻한 입김

여름철 파도의 출렁임으로
바다 중앙에서 해안선까지
눈부시게 하얀 발끝 세워
달려와 감기는 희디흰 백합

가을 날 선한 바람 기다리다
바래진 흰머리 결 쓸어주며
울다 지쳐 쓰러진 매미의 허울에
귀뚜라미 노래 정갈히 얹어 놓고

짧은 겨울해 꺾어 휘어진 낙조마저
회색빛 산 밑으로 사라지고
당신이 없어
더 길어진 겨울밤이 내리면

물이 설설 끓는 방
가물거리는 기억에
그대 이름 불어넣고
계절마다 다른 옷 차림으로
설렘을 풀어놓는 그대에게
뜨거운 차 한잔 올리렵니다

기다림은 사라지고

가지 끝에 매달려서 우짖는 까치만 봐도
콩닥거리던 심장이
종일 길가의 코스모스가 되어
긴 목을 더 길게 빼들고
그리움의 끝에서 바장이던 기다림이
방향을 잃어버리면
새벽까지 하얗게 눈을 뜨고
지새운 날들도
지친 날개를 접는다
정수리에 각인되었던 그림자
세월 따라 퇴색해지고
마침내 기다림은 사라지고
길은 더 짙은 색으로 길게 뻗어간다
야생화의 향기가 물씬 풍기는 길가에
별처럼 빛나는 꽃들이
꼬마 병정들처럼
환송의 꽃잎을 나붓길 때
그 속으로 걸어가자
또 다른 세상을 향해

종소리

그 소리가 그리워서
예까지 와서 서성거린다
우리를 한품으로 감싸던 종소리
아아히 비둘기떼처럼 흩어질 때
그만 손을 놓아 잃어버린 시간
허공만 감싸다 바람처럼 흩어진
작은 그림자들이
사라져버린 들녘
그 깊은 기억의 낭떠러지에 떨어져
생긴 흉터는
진분홍 빛 들꽃으로
아름답게 피어 있는데
그 것이 그냥 헛것으로
휘적이다 사라는 것이 너무 슬퍼
눈물은 떨어져 별이 되고
지금쯤 어느 하늘에서 빛으로 내려
추억의 바람 속에서 잘랑이는
종소리에 귀를 열어본다

그리움 (1)

상사가 달이 되어
심상에 떠오를 때
그리움은 눈먼 파수꾼이 되어
아픈 가슴에 총질한다
잔잔한 호수 같은 마음이
바람에 깬 파도처럼 술렁이면
찢겼던 마음의 조각들이
껍질을 한 올 한 올 벗어버리고
맑은 씨앗으로 똘랑 떨어진다

늦가을 장미는 빛을 잃고

열정으로 끓던
5월의 붉은 핏덩어리로
얼룩진 화단을 지나
철창에 매달려 부르던 그리움 송은
날아가던 새의 부리에서
지치지 않는 노래가 되어
종일 그대 귓전에서 불리우다
가슴에 퐁퐁 치솟는
샘물이 되어 젖어 들어도
갈라 터진 척박한 마음의 텃밭에
백만송이 장미는
가시를 부러뜨린 채
피를 토하고 쓰러져
파삭한 숨결을 바람에 맡기고
이젠 눈을 감는다

우물

하얀 언덕 아래
가지런히 누워 있던
깊게 파인 그 곳에
드리워진 그림자는
파리한 빛으로
그리움을 건지고 있다

수천년 걸어 들어간 이야기는
수많은 사연을 품은 채
마르지 않는 그리움의 줄기가 되고
그 밑바닥에 깔려
이끼가 된 한은
파랗게 돋아 옛 장부를 긁적이는데

잠자코 있던 옛 일들이
한결같이 소름처럼
하얀 백지에 활자가 되어 떠들면
뜬 눈으로 잠자던 언어들이 반짝인다

글썽이던 외로움이

와르르 쏟아져
말라가는 우물에
새벽녘 별들로 가득 채워지면
두 줄기 밧줄은
마알간 사색을 길게 꼬아 드리운 채
잡아줄 손을 기다린다

색 바랜 추억을 건지는 시린 손
가죽이 벗겨진 채 피가 흥건해도
멈출 줄을 모르고
별을 거두어 간 자리엔
해 그림자가 동실히 들어선다

외딴섬

사방이 물바다에 갇힌 곳에
봇짐 하나 품고 누운 자리
물을 안고 흔들리는 배처럼
오늘도 홀로 출렁이다 잦아든다

간혹 불어오는 바람에
갈꽃은 살아 있는 듯 흔들리고
그 자세가 애처로와 눈물이라도 몇방울
여우비처럼 뿌려주고

등에 지고 가슴에 품었던
꿈도 짐도 가볍게 풀어놓고
굳어진 마음 열어
벽에 기댄 그림자를 마주한다

한나절 화양연화 그 소절 읊다보면
입가에 피어나는 엷은 미소
자고나면 기억 속에서
조금씩 지워지는
철따라 몰래 적어둔 사연

머물다 빠진 썰물의 배설물에
흩어져 뒹굴던 조가비 몇잎이
잘랑거리는 풍경소리로
저편에 떠다니는 소식 물어다 놓고

창을 향해 쪽잠 꾀는
등이 휘어져 슬픈 고양이
방바닥에 어린 그림자에
얼굴을 부빈다

추억

개미 채 바퀴 돌 듯 바쁜 일상에도
시나브로 떠오르는 옛일

다시는 뒤돌아보지 않으려던
눈물 젖은 맹세는
세월 따라 퇴색하고
가슴 밑바닥엔 그리움이
이끼가 되어 파랗게 살아있네

병 속에 조용히 잠자고 있던
종이학은 벚꽃 날리는 언덕에
청아한 웃음소리로 뒹굴고
빗새가 울고 넘던 언덕 위로
지금도 돌아져 가는 슬픈 뒷모습

가슴은 먹먹하고 슬픔은 비가 되어
온 세상을 뒤덮는데
책갈피 속에서 떨어지는
빠알간 심장

핏빛처럼 아름다웠던
단풍나무 아래에
빨갛게 물들었던 소녀의 볼 때문에
심장마비로 멈춘
소년은 아직도 풋풋한데

가슴 깊은 곳 차곡차곡 쌓여 있던
색바랜 옛 일들이
새록새록 살아나
지나간 이야기를 주고받으면
손바닥만한 가슴에
일어나는 집채 같은 파도

바람이 잠들자 파도는 평온해지고
둥근 달이 하얀 배꽃처럼 피어 오른다

진눈깨비

바람의 종용으로
이리저리 슬픔을 한 몸에 먹먹히 베어 문
산 머리 위를 서성거리던 먹구름
헝클어진 머릿 결 어루만지며
산허리를 감돌며 몸을 푼다

찬 기운이 서린 서러움
비도 아니고 눈도 아닌
그 흐릿하고 비릿한 아픔을
사방에 쏟아부어
산의 빈 구석구석 난도질하다

뼈가 빠져 헐거운 것이
마침내 가장 낮은 산의 발목에
몸을 낮춰 입맞추니
잠자던 용이 꿈틀거리며
그 쓸쓸한 이름을 껴안아
푸르름을 소생한다

고독의 깊이 속에

어쩌면 두려움은 나를 보호하려고
내 주위를 맴돌고 있는지 몰라
사치 속에 묻힌 유혹으로부터
나를 지키려고

그래서 더 이상 외롭지 않는
고독 속에서 나와 친해지는
관습이 생겨나고
새로운 유혹으로부터
나를 보호하려고

옛것만을 고집하면서
안온한 내 안에 갇혀
고독을 잠재우고 있는지 몰라

피안

비가 와도 바람이 불어도
막아주던 우산은 부러진 채
길가의 쓰레기로 나뒹굴고
눈이 오고 꽃이 피던
그 길목에 지켜 섰던
장벽도 사라졌다

이제는 소로길을 따라 걸어간다
홀로 왔다 홀로 가는 세상
더 이상의 따뜻함의 황홀도
더 이상의 눈부신 기다림도
내 안에서 추방시키고

다시 그리는 화판에
호기로운 매의 날개는
피안의 장벽을 박차고
황량하던 벌판을 노을빛으로 물들이고
창공을 가로질러 치솟는다

그리움이 돌아갈 길은

내사 이렇게 홀로 외로운 날이면
감춰두었던 그리움을
꺼내서 여러 번 훔쳐본다

시간이 지나 얼마나 흘렀을까
누렇게 병든 이 마음
돌려보내야 하는데

이 궁색한 생의 보푸라기 같은 보자기를
떨칠 수 없는
마음의 물소리 따라 매일 흘러가도
가닿을 수 없는 곳에 두고 오면
영영 잊을 수는 있을까

돌아갈 길이 막막함을
오늘도 부둥켜 안고 부비는
목메이는 이름
정녕 너를 돌려보내야 할 곳은
어디로 향해 있는 것인가

기억의 먼 곳

세상 어디쯤일까
너와 네가 있는 이 곳이
뒤돌아보면 구불구불 진창길

화창한 봄날에 피었던 꽃들은
벌써 서리를 이고
저렇게 마른 가지에 매달려
아슬아슬한데

헤치고 온 가시밭길에 핏자국은
가시나무 껍질을 검붉게 물들이고
찢어진 옷 사이로 내민 하얀 살결은
부딪히고 할퀴어 빨갛고 파란 멍을
스탬프처럼 찍으며
여기까지 달려왔다

견디다 못해 지른 비명은
계곡을 따라 사라졌는가
그 비명이 다시

가슴벽에 메아리로 돌아온다면
귀를 자를 것 같은 충동으로
이상한 나라의 문 안쪽에 웅크린 에고

고속도로에 달리는 차 속에서
꿈꾸듯 졸고 있는
기억의 먼 곳에
딱지가 떨어지고 돋은 새살이
지난날의 상흔을 아련히 지우고
낙인된 꽃이 눈부시다

긴 계절 넘어온 당신

얼음벽이 녹아내리는
훈훈한 바람소리에 눈을 떴습니다

오셨군요
하얀 겨울 장벽 뒤로
봄문을 열어오는
푸르른 당신
긴 세월 차가운 장벽에 싸여 잊었어요

꿈결인양 심장을 깨우는 노크소리
눈을 떠보니 멀리 떠난 적 없이
이마에 닿는 입김에 소생하는 시간
가슴 터질 듯 부푼 계절로
다가오신 눈부신 당신

그 빛에 찔려 저릿한 심장은
그대를 잊은 적이 없는 듯
사월의 계절 아름아름
핑크빛으로 물들던 그 때처럼

황홀한 떨림으로
당신의 손끝을 잡고
걸음마를 떼는 아이처럼
잊힐 뻔 했던
첫사랑 끝 사랑

장미의 향기에 홀리운 영혼의 흔들림
잠깐 샛길로 빠졌어도
그대 부름 따라 가리라는
그날의 약속에
새로운 다짐 새겨넣고
다시 찾아준 계절과 함께
성스럽게 맞이합니다

사라진 이별 따라

어느 날 문뜩
그 잦던 이별이 사라지니
매일 바장이다 멍든 발
가던 길을 잃고
동면의 깊은 굴 속에서 멍을 핥고 있다

내 안에서 콩닥거리던 새에게
심장마저 다 털렸을까
아무리 들여다봐도
그대 눈 속에 반짝이던 연인은 사라지고
뭉그러니 붕 뜬 얼굴로
맛도 향도 없는 세월만 쪼아댄다

사라진 것은 이별뿐인데
그 명분에 기대어
그리움을 먹고 살던 세월을 어이하고
한생을 도난당한 연인은
깊은 잠의 심연으로 추락한다

슬픔의 여울소리

슬픔에도 연륜이 상표처럼 붙어서
한 장씩 떼어내 버리려도
또 다른 이름을 달고 잊힐세라 찾아온다

한 고개 넘으면
또 다른 슬픔의 고개가 열려
목을 긁어대며
울대뼈를 넘는 세월의 소리

가슴 밑바닥에서 애끓는 기억이
팥죽처럼 솟아오르다
여운처럼 넘어오는
슬픔의 여울소리

월동

낙엽이 어깨를 툭 치며
월동준비를 재촉한다
스쳐간 빗바람에
한결 수척해진
단풍나무 아래에는
간밤에 떨어진 별들이
어깨 겯고 떨어질세라
흩어지는 마른 살결 어루쓸며
멀어지는 햇볕을 주섬주섬
예쁜 무늬 겹겹이 쌓아 놓으니
이제 서리 내리고 눈이 와도
잔털을 다 밀어낸
가죽옷 한 장 걸치고도
수만개의 잔뿌리에 귀를 열어두면
두런두런 들려오는 발밑 세상 이야기
발만 따뜻하면
이 겨울은 거뜬히 보낼 수 있겠네

삶의 벽지

내전으로 엉망이 된 상처를 끌어안고
삶의 비상구
그곳으로 가기 위해
작아진 몸체를 움직인다

누구에게도 들킬 수 없는
피투성이가 된 자아를
작은 소리에 담근 채
다 커버린 몸뚱이를 옮기는 일은
결코 쉬운 일이 아닌 시간

휘청이는 낮은 발걸음도
찢어지는 얇은 종이장에
스쳐도 피가 돋치는 파삭한 계절
작게 오므라든 나를 둘쳐 업고
허둥지둥 떠나간다

열린 귀 막지 못하고
끝내는 잠든 모두를 깨우며

소란스러운 행보로
찬 공기를 부서뜨리며
조금만 견디면 닿을 것 같아
더 서두르는 발걸음들의 부딪히는
여기저기서 움직이는 닮은 소리

서로에게 가려진 갑 속에 갇혀
좀처럼 좁힐 수 없는 마음의 길
이질적인 괴리감으로 닿을 수 없는
그 사이로 걸어가는 시간

바람결은 새벽별을 모아
또 다른 행성을 만들려고
시린 손 펼치고
푸르름은 잠꼬대 같은 부름으로
하얗게 굳어진 채
나락끝에 매달린 꿈을 깨우고 있다

3부

사랑의 수레바퀴

비가 오던 날도 바람이 불던 날도
우리에게 그런 날들이 많았지만

꽃잎이 날리던 길에
함께 굴리던 웃음이
단풍으로 물들었어도
그대의 낮은 속삭임이
살포시 내려와 추운 등 감싸주던
그런 날이 유난히 반짝인다

함께 거닐던 거리가 너무 짧아
되돌아 가던 길
자박자박 돋아나 새록거리는 기억
그 연을 따라 한 없이 거닐어도
줄어들지 않는 마음의 길에
흔들리며 굴러굴러
방황하던 미로의 시간을
서툴게 그려내는 사랑의 궤도로
그대 따순 숨결 등에 업고

끝나지 않을 이별의 항구까지
휘청거려도 함께 굴러갈 수 있겠네

억새

촘촘히 세워진 울바자 사이로
새어나온 쓸쓸함을
온밭에 하얗게 뿌려놓은
엄마의 잔소리가
넋두리처럼 널려 있습니다

가슴속에 삭히고 삭혔던
길고 긴 한숨 같은 푸념들을
줄느런히 늘어놓고
밤잠 설치는 별무리들과 뒤척이며
술렁이는 황야의 파도

바람에 휘청휘청 혼심을 다하여
온몸을 풀어 젖히고
못다한 이야기로
이 가을을 갈무리합니다

안개꽃

하얀 몽우리들이 자잘하게 모여서
핀 저 꽃 한아름 꺾어
너의 머리에 화환으로 얹어주마

새침떼기 소녀처럼
새초롬히 돌아선 아가야
눈에 넣어도 아프지 않을 너를
눈물과 함께 쏘오옥 빠져
사라질까 바장이면서
저 희디흰 꽃을 밤새 엮어
부케로 너의 손에 넘겨주마

이젠 날갯죽지 밑에
보이지 않는 날개 자라
곁을 떠나간다는 널
막을 길 없어 떠나보내는
가는 길마다
장미꽃 잎 잎 따서 뿌려주고
흰 안개꽃을 수놓은 면사포

곱게 너의 머리에 씌워주마
하얗게 피어나서
시야를 가려주는
희디흰 안개꽃처럼
깨끗하고 청순한 너

언덕 너머 저 끝까지
흘려놓고 간 안개 숲에
네가 뿌리고 간 눈물로 흥건해도
햇님이 다 가셔줄 것이니
꽃잎이 하느적거리는 꽃길 따라
사뿐히 걸어 뒤돌아보지 말고
너의 삶이 피어나는 자리
그 곳으로 가거라

담쟁이

뒤돌아 보는 순간 기억의 수렁에 빠져
추억에 물들기 시작한다
푸른 무리들의 속으로
묻혀버리기 시작한 몸은
숲의 일부가 되어
온몸에 발톱들이 돋아나
뒤따라 휘감기면서 기어오른다

미끌어지는 곳마다
스치고 지나간 발톱자리가
파란 기억의 물기로 차오르고
아픔으로 얼룩진 무늬를 감추려고
온몸에 파란 비늘로 덮고 덮어도
짙은 녹색담벽 사이사이 가려진
무당벌레 빨간 눈들이 지켜본다

비낀 그림자 그 그림자 속의 불안을
비켜가려는 몸뚱아리
안쓰럽게 휘어져 굽은 등을
자꾸만 돌려세우는

스쳐지나간 그 나날들
커진 동공 속에 살아나는
슬픔을 끌어안고
휘청이는 육신을 낚아세우는
백치의 슬픔

햇빛아래 샐비아보다 더 붉게 멍든
파랗고 빨간 상처에 갇힌
육신의 신음소리가
흰연기로 굴뚝을 빠져나갈 때
드디어 푸르름은 붉은 노을과 손잡고
세상을 삼키려던 팔의 힘을 빼고
틈서리의 간격을 넓혀 숨통을 틔워준다

감나무

늦은 귀가 길에
초롱불을 들고 선 모습
당신을 닮았습니다

갈바람이 서걱거리는
초저녁 부서지는 달빛을 사려물고
추위를 씹고 있는
귀뚜라미의 마지막 울음소리가
사각거리는 풀 틈으로 사라질 때
홀로 초롱불을 켜켜이 켜놓고
누군가를 기다리고 선 당신

바람 잦은 언덕길에
하나 둘씩 꺼져가는 초롱불
어두움보다 더 짙은 두려움이
저벅저벅 검은 미로를 지나
마음속으로 걸어 들어올 때면
고향집 그 언덕 위에 늘 서 있던
당신이 그립습니다

이제 마지막 초롱불마저
바람에 흔들리다 사그라들 때면
더 가까이 다가오는
이별의 계절
기대고 싶은
당신을 닮았습니다

호미

할머니의 여린 가슴 가려주는
쟁기의 날은 늘 푸르름을 떨며
속내의 울음을 감추려고
밭고랑마다 헤집고 다닌다

포기마다 묻어둔 울음들이
파란 싹으로 돋아나
줄느런히 서서 흐느적일 때
마른 울음을 토하는 접동새 한 마리
종일 뒤꽁무니 촐랑거리며
또다시 신 울음 토한다

바람 자물린 휘파람소리가
허공을 가르며
자줏빛 꽃에 머물면
파랗게 돋아난 검푸른 풀빛에
베어진 할머니 심장은 피를 토하며
높아가는 밭고랑 사이
담벼락을 허물고 있다
긴 세월을 하루같이

허물어도 무너지지 않는
담벼락 뒤에
떨어져 나간 살점 하나
상처로 덧나 고름이 차고
할머니 갈퀴손에 잡힌 호미
그 무딘 날에 딸려 나온
토막난 슬픔은
채 묻지 못한 핏덩어리

가슴에 껴안고 달려온 밭 중턱에
쪼그라진 작은 그림자로
파랗게 치어 멍든 설익은 감자
홀쭉한 입에 넣고
신맛을 우물거리면
호미 끝에서 으스러지는
한숨이 서리서리 쌓여간다

휘이 휘이 흔들리는 손끝에
반짝이는 은빛 물결 사이로
파아란 쪽빛 하늘길 열리고

날아가는 접동새 부리에 물려
떠나가는 내 딸 작은 숙이

마른 울음에 눈물 한 움큼 쏟고
뒤따라가는 할머니의 그림자는
담벼락에 부딪혀 사경을 헤매다
밭고랑에 박힌 채
땅을 설피는 지렁이로 묻혔다

짐

떠나갔다
바람에 실린 홀씨처럼 가볍게
뿌리 채 흔들던 악령 같은 병마에게
남은 자리까지 다 비워주고
왜소한 몸은 이제 조용해졌다

떠나갈 길이 멀어 에돌다
길 잃은 사람처럼
다시 돌아오고 싶었지만
이제 더는 에돌아 갈 길마저 없는
후미진 곳에서 넋놓고 기다리다
저승사자 내민 손잡고
이끄는 대로 갔나

분명 가슴을 훑고 지나간 그 자리가
허전할 정도로 가벼워졌지만
허탈이 허리 쪽으로 빠져나가면서
무너진다
찝찔한 액체가 입귀로 흘러 들어온다
눈물인가

짓눌려서 숨쉬기조차 힘든 시간들 때문에
눈물도 말라버린 줄 알았는데
생과 사의 간이역에서
실려가는 육체와 영혼의 희디흰 모습에
가벼워지는 마음
죄스러워서 가슴 친다

이렇게 가볍게 보내 드려서
이렇게 홀가분하게 보내 드려서
허탈해지는 육체를 어떻게 치켜 세울까
어깨보다 무거워진 가슴 때문에
가슴앓이 해야 할 남은 인생

엄마

내 나이 쉰이 다 되었어도
이렇게 가슴 설레게 하고
눈가에 이슬로 적시게 하는
그대는 이 세상 그 어디에도 없습니다

손 내밀어 만져보고 싶은 당신의 얼굴
밤새 그려봅니다
봄이 되면 봄바람 봄볕으로
내 곁에 머물러 따뜻한 입김으로
시린 가슴 녹여주는 당신
그리움은 봄비가 되어 세상을 적시고

더운 여름 냉면 한 그릇을 놓고
시장통 골목 냉면집에 마주 앉아
시원하게 보냈던
그 시간들에 마음을 뺏겨
냉면과, 눈은 불어터지고
엄마의 부재로 텅 빈 것만 같은
시장통 그 길목을 지나

나란히 가을 언덕을 터버터벅 오르다 보면
저 언덕 위에 빨갛게 익은 홍씨가
우리를 반길 때
갈바람에 감나무 잎새는
벌써 누렇게 뿌리를 향해 가고 있네요

겨울해가
졸고 있는 사이
엄마 무릎을 베고 잠들어
고향집 온돌방에 잠깐 다녀왔습니다

엄마의 따뜻한 향기가
가슴 곳곳에 스며들어
입가에는 당신이 주고간 행복이
노란 나리꽃으로 피었네요

빗새의 울음소리

안개로 짜여진 하얀 그물
대지에 드리우면
고요함을 찢고 울리는
빗새의 울음소리

다급해지는 날개 짓은
돌아갈 길을 찾아 헤매고
떠도는 울음소리는
이슬로 되어 잔디에 맺혔습니다

노란 리본들이 나뭇가지에 매달려
쓰러질 듯 지친
하얀 코스모스를 향해 손짓하는데
누구의 통곡소리가 천둥이 되어
하늘에서 쭈룩쭈룩 떨어집니다

밤새도록 목 아프게
어미 찾아 울던 아기새의
지친 울음소리는

하얀 나비가 되어
저 언덕 위로 사라지는데
오늘도 새끼 찾아 헤매는
어미의 구구절절한 울음소리는
바다 위에 포효하다
안개비 속의
빗새가 되어 흐느껴도
바다는 함구합니다

그리움 (2)

가슴에 우물을 팠습니다
그림움을 낚으려고
낚시를 담궈놓고
눈물만 한 움큼 쏟아놓았습니다

눈물로 찰랑이는
우물을 바라보며
정말 오랜 시간을
당신 없는 이 세상에서
탈없이 살아왔다는 생각으로
가슴은 비수에 찔려 피가 돋고
파놓은 우물엔
맑은 눈물만 가득합니다

해 뜨는 아침이면
눈물로 가득 찬
그 웅덩이를 들여다봅니다
그 속에 해를 닮은 당신이
푸근히도 웃고 계시군요

가끔은 당신의 가슴에 기대어
울고 싶습니다
그리고 한 번쯤은
지쳐서 굽은 당신의 등을
감싸드리고 싶습니다

나팔꽃

아침 이슬 머금고 웃고 있는
나팔꽃을 아시나요

처마 밑에 늘여놓은 아버지 사랑
그 줄 따라 줄레줄레
열심히 기어올라 꽃을 피우면

앞치마 입은 엄마의 하얀 미소가
동그랗게 입을 모으고
아침을 깨우는 부름소리
잘랑잘랑 지붕 위까지 울려 퍼지던

해질녘 아빠 손에 말린
하얀 담배 끝에
파란 연기로 피어 오르는
추억의 소로길로
아빠의 미소에 겹치는 엄마의 얼굴
그림 같은
시골집이 그립습니다

목화솜

구름송이가 가지마다 내려
하얀 얼을 소복이 감추고 앉았다

엄마의 손길에 더 포근해지는
바구니 속 구름들은 포개지고 포개져
천사의 낮잠을 청하고

두들기면 튕기듯 널을 뛰며
가라앉았다 부푼 가슴에
배꽃으로 피어난다

베틀을 나드는 하얀 실오리들에
황금빛 애벌레들이 속속 기어들어
뜨거운 정을 쏟으며
또 한 번 뜨거운 하루가 익어가는데

목화송이 같은 엄마의 손은
천사의 이름이 새겨진
아기의 얼굴을 쓰다듬고 있다

섬 그늘진 곳

시간이 멈췄다
그림자 없이 흔들거리는
생물체 곁으로
식욕을 잃은 바람만
흘러가고 흘러오는
덧없이 무기력한 한낮이 버티고 있다

언덕 위에 시큰둥이 선
처진 꽃잎을 핥고 있는
시간은 죽어 있었다
그 것을 지켜 보는 이는 살았는가
같이 죽어가는가

끝이 없을 것 같은 이 긴 여행
섬에 갇혀 반짝이며
발목 잡던 아름다운 것들은
다 어디로 가고
몸만 저당 잡힌 채
우울한 골동품으로 땅에 박혀
섬 그늘진 곳에 묻혀버리는가

개탄이 바람에 섞여
섬밖으로 나간다
홀로인 생물체 덩그러니
외딴 섬에 남겨두고

그대 떠난 빈 자리

다녀가신 걸음마다
심어놓은 그리움이
저녁 노을 끝자락에
핏빛으로 타고 있네요

바람 따라 가셨나요
별이 스쳐가는 밤이면
달빛의 하얀 그림자 뒤로
추억이 주렁주렁 열리네요

그 추억 하나 하나
소원처럼 초롱불에 담아
바람에 실려 보내면
그대 곁으로 날아가
쏟아놓은 그리움은

겹겹이 드리워진
고요함 속에 되살아나
그대 없는 빈자리에
잠시나마

촛불처럼 채워졌다
사라집니다

빈집의 꿈

바람 부는 언덕을 거슬러 가보면
홀연히 살아왔던 세계가 허울처럼 서있다
흥겨웠던 지저귐이 잦아들고
텅 빈 물초롱에 녹물로 엉겨 붙은 세월이
바람에 으깨어진 채 먼지에 섞여 일렁인다

간다는 말없이 창틀 사이로
집안 한 번 훑고 지나가는 바람 따라
그 많던 웃음들 어디론가 다 쓸려가고
흐르는 세월 동결할 듯
거구의 건물을 엉성하게 묶어 세우는
휘청거리는 거미줄

어제의 흔적을 지우는 먼지의 군무에 밀려
여기저기 기우뚱거리는
암벽 그 사이로 시간을 갉아대는 소리가
결집된 공간을 허물어 뜨리며
기울어지는 지구의 한 귀퉁이로
어둠의 고요가 쓰나미처럼 밀려온다

빈 뼈대를 부추기고 선
뒤틀린 창들은
나드는 이 없이 삐걱거리는데
웅크리고 있는 흉물 암벽에 가려져
빛과 바람을 등진 벽지의 위안도
닿은지 오랜 살가운 손길에
빛을 잃고 쉬쉬거리는 곰팡이에 서식되어
추억마저 지워져가는
빈 껍질의 음산한 울림이
서성거리고 있다

새겨졌던 번지수는
고인의 이름처럼 희미해져
한낱 휴지조각처럼 헐거운데
어디서 뻗친 욕된 손들이
유령처럼 어슬렁거리며
빈집의 꿈을 부추겨
자꾸 숲 속의 죽은 나무처럼
도시와 산과 들에
망령들의 흐느낌을 불러 모아

흉안으로 서성이게 하는가

걸인의 자취도 움츠리는
아무도 없는 곳
바람이 부대끼는 소리에
쥐들마저 떠난지 오랜
공터의 빈 울림이
공허하게 울리다 사라지는
황폐해진 누옥의 그림자 위로
날아가던 새들이 떨어뜨린
꽃씨가 향을 흩날리면

누군가의 발길이 닿고
해후의 물줄기가 솟아올라
새들의 지저귐이 몰려오는
햇볕이 어리광치는 그 사이로
빈집의 천년꿈이
몸을 뒤집으며 잠꼬대한다

세월은

가늘고 투명한 손으로
지나간 흔적을
얼기설기 그려놓고
저만치 가는데

흘러가는 바람의 속삭임인가
귀뿌리를 간질이는
저 부드러운 손결은
그 누구도 비껴갈 순 없어

퇴색해가는 모습에서
지나간 너를 찾는 부질함도
서로 부딪히는 뼈마디의 비명에
놀라 깬 시린 새벽을 건너

지금도 투명한 손은
수많은 상흔의 날들을
가계부처럼 새기며
우리를 스쳐 지나간다

함몰된 기억

그 소리는
가슴을 갉아먹는 소음이었다

바람에 섞여 오는
새의 울음소리가
허파에서 빠져나오는
실날 같은 한줄기
그리운 이를 부르다
끊어진 부름소리

장기 속 벽에 부딪혀 닳고 닳아
빠져나오다 걸린
응어리의 부스럼이
창자에 박힌 멍울로
끝내는 또 다른 장기를
끊어내는 소리

출구를 찾지 못한 기억 속에
굳어진 언어를 해독하는 시간이
어두웠다 밝아지며

침전하는 기억의 잔해들의 억눌림을
비집고 나오는 한 마리 새

아련한 이름 석자를 찾아
새벽별을 이고 나가도
달이 지는 다음 날 새벽까지
문지방을 넘지 못하고
되돌아가 안방을 쓸다
초점 잃고 흔들거리다

창문 틈서리로 기어드는
늦가을 으악새의 슬픈 소야곡이
고요한 밤을 갉아먹는 시간이면
갈갈이 긁혀 찢어진 가슴이
너덜너덜 흩어져도

안개 자욱한 갈림길
기억의 저편에
하얀 웃음이 방긋이
바람꽃으로 아른거리면

반짝이는 은발머리 날리며
낡은 사진 같은 그 날들을
비뚤비뚤 찾아가는
이방인의 슬픔이
낙서처럼 뒤따라 선다

파라다이스

바이러스에 노출된 세상
감염된 자를 피해 도망쳐도
같은 공간에서 숨을 쉬고 사는
지구 전체가 앓음소리로 쇄도하니
공포마저 무기력해지려는 나른한 오후
매일 쉬지 않는 눈과 마음
방향감을 잃고 버둥거린다

멈출 수 있는 곳을 찾아
늘 먼 곳에서 나를 향해 달려오는
모든 유혹들을 향해
휘청이는 걸음걸이에도
묻어날 것 같은 광기

무뎌버린 필촉처럼
용을 쓰다 버려진 비참한 격언들이
무덤 속의 장송곡에 몸을 떨어도
죽음 같은 것에 등을 돌린지 오랜 세상은
세워진 저 수많을 비석보다
더 견고한 유리벽이다

모든 의심을 눈초리로 보아야 하는
마음은 만신창이 되었다

저기 파랗게 살아난
소생의 파라다이스
그 곳에서 너랑 만나고 싶다
씌워져 있던 가면을 벗어버리고
너의 그 순진무구한 얼굴 바라보며
그 해맑음에 전염되어
나 또한 청아하게 울려퍼지고 싶다

탱고를 추는 가을 나무

푸른 가을 하늘
이마 위에 얹어주고
온몸을 흔들어주는 바람에
짙푸르게 무거운 사색
가볍게 털어낸다

해풍에 푸른 비듬 벗겨내고
붉은 옷을 두른 채
노을을 향해 걸어가는
실크 레이디
그 투명한 그림자 이어
화려한 계절이 익어간다

파란 하늘 사이 발현하는
구름 한조각 뜯어
노을빛 스카프 날리며
들어선 황홀한 가을 무대
바람의 발랄한 연주 속에
노란 넥타이 마주선
빨간 원피스

눈부신 스탭으로
현란한 불꽃을 휘날려
저무는 고요를 흔들어준다

잔소리

아침이면 알람처럼 울리는 저 소리
눈만 뜨면 들려오는 소음
귓마개에 막혀 되돌아가
엄마의 가슴에 맺혔을까

이제는 들리지 않는 소리
가끔씩 듣고 싶은 소리
박차고 나온 문 뒤에 갇혀버려
메아리처럼 엄마의 귓 속을 파고 있을까

그때는 미처 몰랐어
그 마디마디가 사랑인 줄
인생길 올바르게 걸어가라고 이끌어준
지휘봉이 이끄는 악보 없는
인생의 멜로디였음을

그리움 (3)

서툰 몸짓으로
익숙히도 친절한 이름으로
봄볕으로 물든 상냥함을
온몸에 초록처럼 물들이고
봄꽃의 향기를 훔친 봄바람처럼
내 곁을 배회한다
천년을 저렇게 선 나무처럼 늘 그렇게

언덕 위에 나리꽃 무늬 베어다
치맛자락 뭉그러니 두른 채
봄나물 반찬 그득한 꽃 보따리 쥐어주고
황급히 돌아서는 골목길엔
목련의 슬픈 조락이
늦은 봄을 흐느끼는데
엄마의 코신 자국이
거기에 하얗게 얼룩져있다

성급히 열린 무심한 하늘길에
어시의 사랑이 설익은 홍시처럼
검푸르게 멍든 가슴

평생의 눈물로도
채우지 못할
우물이 깊이 파여있다

기억의 저편에

기억의 창가를 닦고 닦아도
쌓여가는 먼지 때문에 지워진다
너의 미소가 너의 그림자가

시간이 되었다
나무가 잎을 내리고
가지가 부린 낙과들이
땅에 씨앗으로 잦아든다

시간이 떠난 후
또다시 시간이 오면
꽃으로 필까
열매로 맺힐까

그렇게
여러 번 피고 지고 하는 사이
지워진 세계에 다시 찾아가면
너는 어떤 모습일까

사글세 집을 떠나는 날

새벽같이 일어나
입가에 잠을 흘린 채
문을 나선다

달빛을 등에 업고
지층에서 반쯤 내려간 그 사이
우편물이 쌓인 우편함
비스듬히 얼굴을 내밀고 기다린다

파란 렌즈에 스캔된 아라비아 숫자
뇌를 스쳐 쓰레기통에 버려지고
종일 볕을 기다리며
수군대던 곰팡이 냄새가
닫혔던 문이 열리며 터져 나온다

시린 달빛에
더 눅눅해진 곰팡이들의 수군거림도
잠에 빠지고
재택근무 스리잡이
마무리지을 무렵이면

라면 냄새가 책 속의 활자를 뒤적이고 있다

매일 온갖 냄새가 뒤섞여 웅성거리는
반지하방을 나가는 꿈을 꾸다
볕이 있는 곳을 향해 걸어가는
젊은 피가 흐르는 패딩 속에
약삭빠른 곰팡이가 침입해
볕의 품속으로 자취를 감추고
햇빛을 자르고 닫히는
사글세 반지하방 그 위

바람과 볕이 드나드는 지상에는
늘 밝고 부드러운
실크 바람이 흐르고
발걸음도 가볍게 흐른다

수레국화

아빠의 수레를 타고 가다
그대의 화단을 보았어요
이젠 아빠의 수레에서 내려
그대의 화단으로 들어가렵니다

지금은 야윈 몸뚱아리 가냘퍼도
당신이 뿌려준 자양분으로
토실토실 살찌운
한송이 꽃망울로 맺히렵니다

청초한 모습으로
아침 이슬 사려 물고
긴 밤 키운 그리움을
방울방울 머금고
그대 가슴에
고인 눈물이고 싶습니다

그래도 당신의 눈에 밟히지 못하면
더 가까이 더 가까이
그대의 꽃병에 꽂히렵니다

몸속의 향기 실실히 풀어풀어
그대 코끝을 간지럽히는
꽃향기로
행복을 피워올리는
한송이 수레국화이고 싶습니다

가시나무 새

쉼 없이 날아온 날개 고이 접어
뛰는 심장 가시에 찔러 넣고
노래 한곡 뽑아 볼라니
저 멀리 가시밭 삶 너울거리네

울음 한번 목놓아 올 수 없는 사연
가시나무 끝에 간신히 걸려
뾰족해진 부리는 가위 되어
말라버린 목젖 다듬는다

그 끝에 찔린 비명이
어찌하여 어찌하여
천지간의 유일한 옥소리로 굴러
갈래갈래 수만 갈래
서녘에 핏빛으로 펼럭이는가

눈물 없이도
처절할 수가 있는 노랫말은
어둠을 건너 저며오던 날들
휘감아 곰삭힌 서러운 사연

구슬프게 아름다운 노랫소리에
길 가던 바람마저 발길을 멈춘다

비가 오는 계절

비가 오는 계절이면
빈대떡을 굽던 언니 생각에
나도 빈대떡을 굽는다

주룩주룩 빗소리
냄비에서는 익어가는 빈대떡 소리에
가락을 맞추는 닮은 소리

지루한 시간을 건너
여름을 삭힌 냄새를 삼키며
빈대떡은 노릇노릇 구워지고
두드리는 빗줄기에
차분히 부서지는 빗속의 세상

막걸리 사러 가던
20년전에 시집간 언니
비 내리는 계절이면
길모퉁이를 에돌아 오던 모습
창가에 흐르는 빗줄기 사이로 아른거린다

입에 문 빈대떡이 목구멍에 걸려
막걸리가 그리운 지금
시간은 멈췄다
이 비 많은 계절 속에

4부

무너지는 벚꽃으로

눈부신 태양 아래
맑음이 깨어나
한두송이가 아닌
무리지어 화사한 숨결을 고르면
환해지는 거리에
행복을 나누는 사람들이
이 계절을 가슴에 새기고 있다

꺼지지 않는 등불처럼
저 하늘에서 빛나는 태양처럼
간절한 시간들이 거리에서
꽃잎과 함께 흩날리고
그 무너지는 무상함에
눈물 짓는 나무의 가슴이 되어본다

다시 올 수 없을 것 같은
의혹이
원없이 황홀하게 무너지고 싶다는
유혹에
발목을 묶인 채

벚나무가 되어본다

바람 불어와
핑크빛으로 물들었던
홍안이 창백해져
한껏 부풀어오르던
심장이 옥죄어들어도
풀어주고 싶다

갇힌 고뇌와 슬픔을
한꺼번에 무너뜨리고
홀연히 사라지리라
분홍빛 물결로
아름다웠던 한 세상에
축복의 꽃잎을 하사하리라

사랑은

저렇게 탈 수 있다
단풍처럼 빨갛게 부끄럽게

저렇게 물들 수 있다
하늘처럼 파랗게 마알갛게

저렇게 떠날 수 있다
바람처럼 투명하게
끝 간데 없이

동백

추위 같은 건
아무 것도 아니었어
너를 볼 수만 있다면
뿌리 속에 있는
모든 기억을 되살려
살아 있는 신호를 보내려고
흰 눈 속에 시린 발 세우고
빨개진 얼굴을 내밀었어

파란 무리들 속에
묻힌 모습을 스쳐 지나칠까
한 번 쯤이라도
수줍은 마음 들켜보려고
몸속에 묻힌 향기를
빨갛게 깨우고 있는 중이야

아린 가슴에 얼굴을 묻고
꿀샘을 탐하는 동박새야
박힌 부리 빼서
가는 님 서럽지 않게

노래 한곡 부르렴

투두둑 떨어지는
섦음 밟고 떠나가는
길섶에 떨어진 붉은 심장
그 울음 떨쳐내려고
서둘러 가는 님아
뒤돌아 보다 넘어지지 말고
이곳 동백섬을
영영 버리고 가거라

촛불꽃

가시내의 설익은 풋사랑을
횃불처럼 받쳐들고
꿈길까지 찾아온 님이여

살포시 내 꿈에 내려
활활 태우는 불꽃 사랑으로
이 밤을 태우다 사라질 님이여

아픔까지도 깡그리 태우고 가소서
그 뒤에 오는 쓸쓸함은
재와 함께 날려
천지사방에 뿌려
더러는 별이 되어 하늘로
더러는 이슬이 되어 풀잎에 맺힐터니

사라져도 사라진 것이 아니오
정녕 그립거든
잔디밭에 떨어진 이슬에 뜨거운 입술을 바쳐
또 한송이 촛불꽃을 피워 올리소서

물망초

별이 부서져 내린 자리에
아슴 아슴 피어나
별 밤을 수놓는 꽃이여

흩뿌려진 눈물을 가슴에 심어놓고
피워 올리는 너의 음성
떠나갈 때면 속절없이 무너졌다가
어김없이 다시 찾아오는
익명의 부름이여

너를 어찌 잊으리오
잊지 말라고 잊지는 말아달라고
쳐다보는 이 가슴에 새겨진 이름이여

가을 사랑

파란 하늘에
흰 구름 몇 송이 띄워놓고
갈바람에 별 한 줌 실어서
너랑 같이 떠나는 이 여행

저 하늘 정오의 태양
한오라기 뽑아서
너와 나의 손목을 묶어놓고
단풍나무 그늘 아래
불 한번 확 댕겨 나 볼까

붉게 타는 단풍나무로
이 산을 활활 태워
한 줌의 재로
하늘로 날아오르자

코스모스

늘어진 언덕에 가을이 오려는가
예쁜 단추 정갈히 채우고
온힘을 발부리에 모아
가는 몸을 치켜세운 슬픈 여인들
가슴에 꽃자석 한 조각씩 맞춰들고
누군가를 이끌어가는 가을 여신

자꾸만 끌려가는
갈바람이 흐르는 들녘으로
연분홍 향기가 머물렀던 그 자리
그 누구의 옷깃을 잡고 섰는가

가녀린 바람에도
휘청이는 슬픔 뒤로
눈물에 얼룩진 옷고름

사처에 흩뿌려진
꽃잎들의 가슴 저리게 흩날리는
날개 끝에 투명하게 비친 얼을 담아도
텅 비어버린 속에

술렁이는 울먹임으로
바람에 뒹구는
저 찬란한 얼굴들

이 가슴을 사정없이 흔드는 것은
긴 세월 울어도 놓지 못하는
다 풀 수 없는 서러움 때문이런가

다시 오지 못하는 그 모습
이 꽃들의 흐름 속에서 떠올리며
그들의 슬픔을 보아버려서
휘청이는 가는 허리
함부로 견들 수가 없어
그냥 함께 이 가을 속
무거운 꽃들의 사연을
가볍게 흔들어 비워간다

꽃의 시차

달빛 한줄기를 머금으려고
설쳤던 밤이 자정을 건너고 있다
새벽 찬이슬이 입술에 떨어져도
꽃망울은 달빛에 매달린 채
꽃을 피우려고 빛을 삼킨다

흩어진 옷으로 비집고 들어오는
새벽시간
눈 뜨고 보면 잎새마다
함초롬히 이슬 머금고
영롱한 꽃잎으로
한 잎 두 잎 몸을 부풀리고

간밤 꽃잎의 구애에 이끌려
밤 속을 뛰쳐나온 낮달이
반공중까지 달려간 해를 쫓느라
창백한 얼굴 푸름에 묻힐 때
쏟아지는 햇빛을 한아름 안고
황홀하게 반짝이던 꽃은
입을 오무리고 오침을 즐긴다

꽃무릇

사랑의 열정
천지사방 낭자하게 뿌려놓고
속눈썹 깔고 다소곳이 선 누이야

네가 그리웠던 긴 밤을 세며
가을을 향해 달려와도
계절을 넘어서 멀리
누님의 아릿따운 홍안은
바람결에 사라지고
마른 가지만 휑하니
가시처럼 서있네

이제 다시 찾아올 그 계절
내가 없어도
사랑으로 넘치는
푸르름으로 살을 찌워
그대 받쳐줄 꽃대를 키우리라

산하엽

애잔함이 배어 나와 글썽인다
눈물을 그득 삼킨 투명한 울먹임은
시린 입술 사이로 터져 나와
가쁜 숨결들로 겹겹이 모여
조각조각 묶인 투명한 얼
열 띈 손 함부로 가져가면
물로 되어 사라질라

어둠을 밀어내고
들어선 새벽은
간밤에 뒹굴던
꿈 조각을 맞춰보다
새벽 찬공기에 부딪친 꿈은
꽃잎으로 굳어지며
빗 선을 그어 상형문자로 된
꿈 말을 화판마다 옮겨 적고

꽃내음에 홀린 듯
먼 길을 쫓아온
나비의 더듬이가

화분에 꽂혀
꽃밥을 탐하고 있는 동안
또다시 차오르는 설렘
물로 만난 마음끼리 어깨 겯고
맑은 영혼
얼음꽃으로 피어난다

단풍

소슬한 바람 따라 저무는 가을에
저 홀로 붉은 사랑이 있습니다

눈 아프도록 파아란 하늘가로
마지막 철새의 울음소리 잦아들 때
저 홀로 타는 아픔이 있습니다

이제 저무는 이 가을
마지막 가을 향기마저
끝 간 데 없이 사라질 때
꼭 잡아 두고 싶은
마음이 있습니다

눈물 나게 아릿다운
빠알간 사랑

편지

이 가을에 보내려고
노오란 종이위에 적어 놓은
빨간 사랑을
그대는 보았습니까

마알갛게 사라져가는
바람의 흐느낌을
갈갈이 찢어서
갈대밭에 휘갈겨 놓고도
아직도 남아있는 응어리는
갈비뼈 사이에 불혹처럼 자라
살을 갉아먹고 있습니다

늦어도 이 계절만큼은
풀어서 보내야 하는 매듭입니다
풀다가 손톱이 빠지더라도
하얀 속살을 파고 들기전에
그 매듭을 풀어서 보내려고
밤잠을 설쳤습니다
노오란 종이가

하얗게 바래도
빨갛게 찍힌 도장지가
핏빛으로 묻어날 때 보냅니다

겨울꽃

너에게 가고 싶었다
남 다 가는 계절에
한송이 차가운 겨울 꽃으로라도
너의 창가에 매달려
그동안 품었던
너에 대한 생각들을
마알갛게 수놓아서
너의 따뜻한 입술에 닿는
눈물이 되어
너의 얼굴에서 흘러버릴지라도
기억의 뒷전에서 숨을 죽이고 있던
앙상한 그리움으로
한 땀 한 땀 그려낸 꽃잎을
이 창문을 지나 너의 가슴에
희디흰 백합으로 피어나려고
밤새 울음을 토하던
창호지의 통곡소리에도
아랑곳하지 않고
천연하게 피워 올린다

꽃의 무게

여린 몸에 한 세상을 품은
이슬을 이고 지고
오늘도 청초한 모습으로
바람과 마주섰다

묶인 발에 더 힘을 주어
흔들리는 세상을 바로잡고
스쳐가는 뭇 사람들의 지향에
꽃향기로 따라가다
길녘에 머뭇거리는 바람에 실려
멀리 흘러가는 꽃의 생각

어디까지 가다 돌아왔을까
꽃의 심장 속으로 다시 들어가
더 영글어 가는 꽃 내음
세상의 크기를 담아
꼭꼭 채워져도

얇은 잎마저 견디기 힘든 날이 되어
스스로를 내려 놓을 때

품고 보듬었던 까아만 응어리에
고스란히 옆자리를 내어
아름다웠던 꽃의 세상이
사라지는 곳에

여린 생명들이
다시 세상에 눈을 틔울 수 있게
얇고 가벼운 몸을
거름으로 뉘인다

고백

그대 사랑의 노래 들려오는 골목
내리는 어둠을 거두어내고
가로등 불 밝히는 시간이 되면
사위가 적요의 푸름으로 물들어
그대 목소리로 더 오롯할 때

시간은 설렘으로 출렁이다
소리 없는 파도처럼 밀려오다
부딪혀 터지는 절제된 환희로
타오르는 불덩이로 뛰어드는
불나방의 죽음의 향연으로
캄캄한 사방의 벽을 뚫고

막힌 듯 막히지 않은 거리에
숨결 같은 소리들이
너울너울 날아내리는
달빛의 고백을
이슬에 헹구어 낸 맹세

목련

낮달의 웃음 내려와
나뭇가지에 무수히 걸렸네요

꽃샘바람 할퀴고 간 자리마다
분홍빛 고요가 숨쉬는 거리
한 점의 바람에도 흩어지는 옷깃을 여며
고개 내밀면
먼지 쌓인 창 열어
그대 향기 찻잔에 띄워봅니다

뜨거운 열기에 바래지는
희디흰 그대 숨결 갈무리하는 시간
길게 뻗은 골목길엔
떠나기 저어한 하얀 발목
바람에 잘린 그 울음들이
서리서리 흩어지네요

겨울강의 꿈

열어볼 수가 없어서
지켜보고 있던 아픔이
성에처럼 하얗게 깔려 있었다

그 밑에 파랗게
눈을 뜨고 있는 그리움은
오늘도 지치지도 않고
굳어버린 몸을 풀고 있지 않는가

성난 바람에 할퀸 굴곡마저
아름다운 겨울강이여
봄날의 푸근한 태양의 손길에
풀리고 풀려서

정녕 네 부푼 사랑을 터쳐
거침없이 흘러
드넓은 바다까지 줄달음쳐 갈
그날을 기리며 삭힌 울음을
이제 성난 파도와 거친 입맞춤으로

네 가슴에 품었던
그리움을 토하고
한 몸이 되어 뒹굴며
풀어질 꿈으로 서슬프구나

연

너의 말이 그립다
눈이 온다고
통통 튕기며 굴러오던
그 말이 그리운 겨울 아침

입김을 불며 마주 잡아줄 손이 없어
두 손은 서로를 잡고 추위를 보듬다
문득 네가 이끌어주던 연
가슴 따뜻하게 전해온다

지금쯤 반백이 넘어
흰머리 뒤로 넘기며
길을 가다 나처럼 문득
나를 떠올릴 사람아

지난날 네가 띄워준 연
마음속 다리를 건너
너를 향해 날아가려고
줄을 끊고 있다

고독, 그 블랙홀

혼자 한 중얼거림이
벽에 부딪쳐 산산조각 나
허공에서 부유하다 빛이 되어
나를 가르고 들어올 때

문뜩 갈비뼈 안쪽에
그대가 심어져 있음을 깨닫고
메아리치는 부름에 사랑 그 티끌이
무한한 세계에 묻혀 사라질까
안으로 가둬 두었던 멍울은 이슬이 되어
까아만 꽃씨를 부풀려
한 송이 꽃으로 피어나고

무한한 중력으로 휘어진 불꽃,
아인슈타인의 눈에 심어진
고독, 그 블랙홀은
화려한 섬광으로
이 가슴에 다시 태어났습니다

수선화

목이 타서 호수에 손을 담갔어요
맑은 물에 비낀 아름다움에
넋을 잃고 빨려들어간 그 순간
몸 전체가 물밑으로 잠겨
보글거리다 사라졌어요

가슴에서 자꾸
부리를 닮은 것이
그리움을 주절거리며
뾰족하게 자라고
어깨에 날개가 생겨났어요

그대를 부르다 돋아난 입술을
동그랗게 말고 힘을 주니
곱다란히 핀 꽃 한 송이
호숫가에 뿌리를 내려
그대 지나치는 길녘에 서서
솔솔 향기를 전합니다

그렇게

나팔처럼 입을 모으고
그대를 부르는
꽃으로 되었습니다

집을 잃은 소녀

파랑새가 되는 것이 꿈인 소녀
동구 밖 술래가 되어
숨어버린 친구들 찾다가
구렁창에 떨어진 꿈속의 미아
산을 돌고 강을 돌아
흩어졌던 동무들을 찾은 기쁨은
찢긴 구름처럼 날려가고
낯선 공포에 짓눌려
뭉개진 작은 벌레가 되어
껍질을 벗고 날아갈 날개를 짠다

먹구름에 동화된 검은 태양이
입을 벌리고 세상을 삼킬 때
혼돈의 안개 속으로 들리는
늑대들의 울음소리에
갈비뼈 숭숭 구멍 뚫려도
진창에 침전하는 무게를 감내하며
사처로 끌려가는 몸
잠자리 날개와 다리가 찢기듯
가볍게 뜯겨 나가

167

새의 작은 심장이 굳어져도

제비꽃 나비가 날아오르는
소로 길 끝자락에
희미하게 아른거리는
날개뼈에 붙은 꽃술은
코끝 저린 향기를 흘리며
기억에 가물거리는
고향을 건져 올린다

그 사이로
민들레꽃처럼 흔들리는 엄마
가시방석 같은 불온의 땅을
밀칠 수 없어
지피는 군불 위에 가마는 끓고
저릿저릿한 엄마의 부엌 냄새에
위장이 곤두선다

감겨야 할 허기진 눈은
긴 기다림으로 굳어져

허공에 고드름처럼
매달려 흔들거리다
비워진 내장에 꽂힌다

다시 벽을 쌓고
다시 피를 채워 넣고
문신처럼 따라다니는
낙인된 죄스러움 말쑥하게 지워내면
자궁 깊숙한 곳에
아기처럼 다시 누울 수 있을까

깃을 다듬는 파랑새의 부리
구구구 허파를 가르는 부름소리 따라
피가 모이는 따뜻한 그곳
엄마의 궁전에 깃을 내리고 싶다

슬픔이 물러간 자리

웃음을 잃어버린 마음에
먹구름이 끼면
자꾸 부추기는 마음에 찔려
부풀어서 터질 것 같이
쌓여서 곪은 상처는
출구를 찾아 돌출된
융기가 되어 살을 찢는다

터져버린 물줄기
그냥 흘러나오게 두면
소진될 때까지 두면
사라져 헐거워지는
비워지는 거처가
민망하도록 작아진 슬픔은
한낱 보푸라기에 매달린 이슬 뿐인데

호들갑으로 부딪친 멍의
파랗고 빨간 자국들이 안쓰러워
서로를 보듬는 사이
슬픔이 물러간 자리에

노란 햇병아리 같은 행복이
조롱조롱 피어나겠지

이끼가 되어

가슴에 남은 흔적을 들여다보니
이끼 한조각이 파랗게 피어
잊지 못한 사연을
가슴벽에 그려낸다

끓어 넘쳐 부푼 열정을
절제의 기둥에 묶어둔
인내의 꽃물결 피어난 자리

사라지려는 푸른 솔개의 날개 끝
부여잡은 생의 부름 속에
부딪혀 멍든 푸른 자국을 딛고
한걸음씩 톺아오른 자리마다에
오롯이 새겨진 생의 흔적들

축축한 습지에 몸을 담그고
열기와 욕망으로 들뜬
몸체를 식혀
빙하의 시대로 이끌어

또다른 꿈을 그려가는
수많은 붓들의 휘적임으로
암벽 뒤에 가려진 세상이
깨어나고 있다

혼몽

바람에 몸을 맡기고
춤추는 꽃은
혀를 품고 있었다

진분홍 빛을 띤 뱀의 속삭임이
나비의 혼을 품고 펄럭일 때
몸으로 유혹하는 향기가
마음의 벽을 타고
유유히 넘어가고

술렁이는 혀의 속삭임에 취해
빠져버린 검은 잠 속
유혹으로 무너지는 장벽으로
줄기에 차오르는 검푸른 독이
온몸으로 퍼져 나갈 때
악의 꽃은 붉은 입술로
수많은 영혼을 훑고 지나간다

안개로 덮인 숲에
마알간 수액을 뽑아 올리려

174

발끝을 세우고 추는
발레리나의 독주
황홀하여 혼미해진 넋이
붉은 치마폭에 쓰러져
흐느끼듯 절규하는 소리가
모든 세상을 마비시키고
일제히 누워서 향기를 맡는 시간이다

또다시 악사의 연주가 시작되고
향기에 취한 몸뚱이들이 뒤틀린다
뿌리 잃은 넋은 새틴처럼
나비의 날개에 묻혀
아득한 꿈결 속으로 빠져들고
뱀의 혀가 일렁이는 붉은 파도에
여기저기 끌려 다니던 마음이
출렁이다 나부끼다
둥둥 떠다니는 혼몽을 껴안은
실크 레이디의 품은 위태롭다

담쟁이가 지나간 자리

그렇게 무성하도록
푸르던 날은 무너지고
손에 손 잡고 쉼없이 오르던
장엄한 모습은
회색빛 담벼락에
한 폭의 수묵화로 남았네

몽창몽창 잘린 수근
차단된 생명의 박동이
거미줄처럼 얼기설기
화벽 위의 한 폭의 흑백화로
위축된 것이 예술인양
생명에 더 할 것 없는
잔인한 폭행일지라도
이렇게 힘을 빼고
쉬는 시간

한 폭의 수묵화로도
아름다운 것은
지나간 자리 그 자취가

추억의 향연으로 피어 있으니
봄물이 들면 예쁜 손 내밀어
그 기억을 더듬어 올라가겠지

나의 공간

넓어서 고요가 진을 치는 곳
맑은 공기의 알갱이들이 굴러다니다
툭툭 치어 사라지는 곳에 꽃을 심고

시냇물에 떨어진 꽃잎
그 찰랑대는 움직임을 들여다보며
멀리 흘러간 연고를 따라
흔들거리며 떠나려는 마음을
웅켜잡고 눈을 감으면
엷은 소리에도 취해 낮잠을 청하고 싶은
누구도 허락하지 않던 곳에는
고독만 푸르게 자라서 눈을 찌른다

너랑 취하고 싶었던 그 허공에서
새처럼 날아가다 사라진
멍하니 흘러간 세월을
허울 벗듯이 벗어버리면
새가 되어 하늘을 날 수 있을까

오래도록 생각만 하고

걸을 수도 날 수도 없는
묶여버린 자유의 날개를
다듬는 시간에 할애했던 반생

이제는 박제된 생을 풀어주고 싶은데
가야 할 곳도 그리운 이도 사라져
다시 주저앉은 이곳에
해별을 드리고 싶어 창을 열어보니
봉인된 시간들이 와와 터져나가고
실바람이 그대 옷깃처럼
가냘픈 어깨 스치듯 감싸네

익숙함마저 어색한 먼지 뒤집어 쓴 추억이
더 이상 쓸모 없이 뒹굴며
졸고 있는 시간들을 깨워
줄어든 공간에 들어설 이 없는
외로움 한가로이 서성이는 넓은 마당에
빈약한 가슴을 다시 뛰놀게 할
그대를 청하노라

5월의 장미

나는 너에게 꽃이 아니라
상처로 남을 것이다
봄에 피었다 지는 꽃이 아니라
꽃을 보고 눈물 흘리는 상처로
꽃과 함께 피어나는 빨간 상처로

그리워하다 사그라진 시간들이
습관처럼 익숙해져버리면
빛을 잃고 쓰러진 꽃의 영혼들은
가시로 돋아나 덫을 친다
울바자 사이에 서성거리던
지난날 기억의 조각들은
피를 흘리며 가시를 키우는데
낮잠을 자다니

용서가 손을 내밀 때까지
등을 돌려서는 안된다
눈을 감아서도
두 손을 합장하고 그렇게

무모함에 찔려 흘린 피가
5월의 거리를 붉게 물 들일 때
잊힌 시간들을 되돌려주는
수많은 사연들을 지켜보라
경건하게 두 손을 합장하고

메아리

마음 한 구석에 묻혔던 부름 하나
울림으로 다시 태어나
저 산속에서 돌아다닌다

헛 것에 홀린 듯
몇천 년을 돌고 돌아도
찾지 못하는 출구는
검은 입을 벌리고 늘어진 동굴이 되었다

집어삼킨 시간들은
바위로 굳어져
수천 년 빗바람에
얼얼하게 깨어진 울음소리로
바위틈을 비집고 나와
공간에서 부유하다

산모퉁이에 부딪혀
혼으로 만난 부름은
여기저기서 마디마디로 되돌아온다

목련꽃 엔딩

봄바람 꼬리에 갸웃거리는
개나리꽃 내음에
활랑이는 가슴
흰 저고리 속에 감추고
봄 마실 떠나시나
하얀 입술엔
핑크빛 립스틱 살짝 발랐네

개구쟁이 봄바람 입김에
옷고름 풀릴라
떨어뜨린 코신 위에
살포시 내려앉은 봄 여신
그 희디흰 고니 발목,

갈 길 찾아 길어진
흰 목에 두른 봄볕 스카프는
이른 아침 설쳐대는
봄바람에 흘려버리고
하얀 이마에
햇살 한 오리 얹어주니

눈부시게 밝아오는 뒤안길

무심코 지나친 그 뒤로
떨어진 볕가루
눈부신 꽃가루
그대 어깨 위
비듬처럼 부끄러워도

그대 가는 길
눈물로 얼룩진 그 발자취엔
꽃샘 추위의 시기(猜忌)에 떨어진
철 이른 벚꽃 잎이
꽃비가 되어 내려앉네

포도

별들이 옹기종기 모여
반짝이는 깊은 밤 속에
흩뿌려 놓은
까아만 씨앗들의 이야기가 소근거린다

송이마다 영글어가는 여름
주절거리는 매화기 내내
길고 길었던 시큼한 내음을
더 오래 간직하고 싶은 듯

익어가느라 앓고 있는
계절의 이야기를
풍문으로 듣고
바람처럼 설치더니

포도밭만 헝클어 놓고 울던 시간
떨어뜨린 눈물이
방울방울 스며든 항아리 속
숙성된 장미 빛 물결로 찰랑이고

마주 앉은 와인잔
추억의 향기를 더듬는 시간이면
걸어 들어오는 그대 눈동자 속에
또 다른 그녀의 세계가 잠긴
우주가 살아 움직인다

입술을 타고 흐르는 장밋빛 립스틱
빨갛게 피어날 때
와인 빛 영롱한 연꽃 잎에
황홀한 저녁이 취해서 휘청이고
바닥에는 속을 다 비워버린
껍질만 여기저기 널부러져

까아만 씨앗들로 심어진
포도 밭 이야기가
별처럼 익어간다

에필로그

시집 [담쟁이가 지나간 자리]를 묶으면서
내가 꿈 꾸었던 시간들이 마치
담쟁이가 지나간 자리처럼
엉성하고 얼기설기 한 것이 마음이 착잡하다.
늘 담쟁이처럼 자라나는
생각들을 키우는 계절이면
나는 푸르게 무성하게 자라고 싶었다.
자박자박 기어오르다
어느새 푸르게 뒤덮힌 잎 속에서
숨막히는 말들에 묻혀 허우적거리며
걸러낼 수 있는 사연들을 적어
한 두편 씩 모았던 기억이
이렇게 한 묶음의 시로 태어나
나의 불면의 밤들에 별을 심어주었다.
더 이상 기어오를 힘이
사그라드는 계절이면
동면하는 짐승처럼
몸의 푸른 비듬을 떨쳐내고
잠을 청하듯 꿈을 꾸며
더 높은 담을 기어오를
설계도를 그린다.
그대에게 더 아름다운 손을 내밀기 위해...

담쟁이가 지나간 자리

초판 1쇄 발행 2023년 6월 29일

개정판 발행 2024년 1월 29일

지은이: 강희선

편집자: 정민주

표지디자인: 강희선

펴낸 곳: 쓰인출판사

주소 서울시 서초구 동광로 49길 35
이메일 jxs1969@naver.com

ISBN 979-11-983011-8-5